The Twins a
Time Mac

Les jumeaux et
la machine du temps

Stephen Rabley

Pictures by Élisabeth Eudes-Pascal
French by Marie-Thérèse Bougard

BARRON'S

Tom et Sophie partent en vacances. Ils sont jumeaux.

Chaque été, ils vont chez leurs grands-parents.

Dans la voiture, Sophie lit un livre.

"De quoi parle ton livre?" demande Maman.

"C'est sur l'Egypte Antique," dit Sophie.

Sophie adore l'histoire, et son livre a plein d'images.

Tom regarde la route. Il pense au déjeuner.

"On y est presque, Papa?" demande-t-il. "J'ai faim."

Papa sourit. "Tu as toujours faim. Ce n'est plus loin."

Tom and Sophie are going on vacation. They are twins.
Every summer they visit their grandparents.
In the car, Sophie is reading a book.
"What's your book about?" asks Mom.
"It's about Ancient Egypt," says Sophie.
Sophie loves history, and her book has lots of pictures.
Tom is looking at the road. He's thinking about lunch.
"Are we nearly there, Dad?" he asks. "I'm hungry."
Dad smiles. "You're always hungry. It's not far now."

Papy est inventeur. Après déjeuner, il demande aux
jumeaux: "Vous voulez voir ma nouvelle machine?"
"Oh, oui, s'il te plaît!"
"Qu'est-ce que c'est?" demande Sophie."Une montre?"
"Et aussi une machine à explorer le temps!" dit Papy.
"Elle peut aller partout à des époques différentes!
Elle n'est pas encore finie, mais…"
"Henri, le téléphone!" crie Mamie.
Papy pose la montre. "OK, j'arrive."

Grandpa is an inventor. After lunch, he asks
the twins, "Do you want to see my new machine?"
"Oh, yes, please!"
"What is it?" asks Sophie. "A watch?"
"And a time machine, too!" says Grandpa.
"It can go anywhere and to different times.
It's not finished yet, but..."
"Henry! Telephone!" shouts Grandma.
Grandpa puts down the watch. "OK, I'm coming."

Tom regarde la montre. "C'est fantastique!"

"Est-ce qu'elle peut aller en Egypte?" demande Sophie.

Tom prend la montre. "Oui, si je fais ça…"

"Fais attention!" dit Sophie.

"OK, je ne vais pas appuyer sur le bouton *Marche*."

Mais Tom glisse sur de l'huile et perd l'équilibre.

"*Ohhhh*!" Il s'agrippe au bras de Sophie.

Il y a un gros éclair bleu, et…

Tom looks at the watch. "This is amazing!"

"Can it go to Egypt?" asks Sophie.

Tom picks up the watch. "Yes! If I do this…"

"Be careful!" says Sophie.

"OK, I'm not going to press the *Go* button."

But Tom slips on some oil and loses his balance.

"*Whoaah*!" He grabs Sophie's arm.

There's a big blue flash of light, and…

Tom regarde autour de lui. "On est où?" demande-t-il.

Tout est très calme. Ils sont sur une colline.

"Tom," dit Sophie lentement. "Cet endroit est dans mon livre.

C'est en Egypte. Ça s'appelle La Vallée des Rois!"

Tom regarde la montre de Papy.

"… et c'est il y a 3 350 ans!" crie-t-il.

Les jumeaux veulent en savoir plus.

Ils descendent vite vers la cave la plus proche.

Tom looks around. "Where are we?" he asks.

It is very quiet. They are standing on a hill.

"Tom," says Sophie slowly. "This place is in my book.
It's in Egypt. It's called The Valley of the Kings!"

Tom looks at Grandpa's watch.

"… and it's 3,350 years ago!" he shouts.

The twins want to find out more.

They run down the hill to the nearest cave.

Dans la cave, il y a plein de belles peintures.

"Ouah, regarde celles-là," dit Sophie.

"Chut!" murmure Tom. "Je vois un homme. Là.
Il finit cette peinture."

Ils se cachent derrière un grand coffre en pierre.

Au bout d'un moment, le peintre part.

Tom regarde dans le coffre. Il y a un petit bruit.

"Oh non…" murmure-t-il, mais à ce moment-là Sophie
dit: "Ecoute, Tom. J'entends de la musique."

10

In the cave, there are many beautiful paintings.

"Wow, look at these," says Sophie.

"Ssh!" whispers Tom. "I can see a man. There.
He's finishing that painting."

They hide behind a big stone box.

After a few moments, the painter leaves.

Tom looks into the box. There is a small sound.

"Oh no…" he whispers, but just then Sophie
says, "Listen, Tom. I hear music."

La musique est plus forte. Ils ne peuvent plus partir.

Un homme grand entre dans la pièce.

"Je suis Paneb. Et vous, qui êtes-vous?" demande-t-il.

Tom ouvre la bouche, mais il ne dit rien.

Sophie doit faire vite.

"On est les enfants du peintre," dit-elle.

"C'est ça," dit Tom. "On peut rester pour regarder?"

Paneb reste silencieux un moment.

"Vous pouvez rester," dit-il d'une voix froide.

The music is louder. The twins can't leave now.

A tall man walks into the room.

"I am Paneb. Who are *you*?" he asks.

Tom opens his mouth, but he doesn't speak.

Sophie must do something quickly.

"We're the painter's children," she says.

"That's right," says Tom. "Can we stay to watch?"

Paneb is quiet for a moment.

"You can stay," he says, in a cold voice.

Il y a beaucoup de gens dans la pièce. Il fait très chaud.

Les gens chantent en pleurant.

Enfin, Paneb dit: "Nous sommes prêts. Amenez le pharaon!"

Six hommes apportent le pharaon mort dans la pièce.

Il est dans un beau cercueil doré.

Les jumeaux regardent tout.

"C'est Toutankhamon!" murmure Sophie.

 "C'est un pharaon très, *très* connu!"

There are many people in the room. It is very hot.
People are singing and crying.
Finally, Paneb says, "We are ready. Bring the pharaoh!"
Six men carry the dead pharaoh into the room.
He is in a beautiful gold coffin.
The twins watch everything.
"It's Tutankhamen!" whispers Sophie.
"He's a very, *very* famous pharaoh!"

Une heure plus tard, tout le monde commence à partir.
Seuls Paneb, Tom et Sophie restent dans la petite pièce.
"Au revoir!" dit Paneb.
"Au revoir? Je ne comprends pas," dit Sophie.
"Vous en savez trop," dit Paneb. "Vous allez
rester ici avec le pharaon – pour toujours."
Paneb s'en va, et les jumeaux entendent un très grand
bruit. Sophie regarde Tom. Son visage est pâle.

16

One hour later, everyone begins to leave.

Only Paneb, Tom and Sophie are in the small room.

"Good-bye!" says Paneb.

"Good-bye? I don't understand," says Sophie.

"You know too much," says Paneb. "You're going to stay here with the pharaoh – forever."

Paneb leaves, and the twins hear a very loud noise. Sophie looks at Tom. His face is pale.

Tom pousse la grosse pierre. Il n'y a pas de sortie.
"Qu'est-ce qu'on fait maintenant?" demande-t-il.
Sophie sourit. "Ne t'inquiète pas, Tom. On peut rentrer
à la maison. On a la machine à explorer le temps."
Mais Tom ne sourit pas. "Non, on ne l'a pas."
"Qu'est-ce que tu veux dire?" demande Sophie.
Elle se souvient soudain des paroles de Tom: *Oh non!*
"Elle est là-dedans!" dit Tom. Il montre le coffre.

Tom pushes the big stone. There is no way out.

"What do we do now?' he says.

Sophie smiles. "Don't worry, Tom. We can go home. We've got the time machine."

But Tom doesn't smile. "No, we don't."

"What do you mean?" asks Sophie.

Suddenly she remembers Tom's words: *Oh no!*

"It's in there!" says Tom. He points at the box.

Il y a un lourd couvercle sur le coffre.

"Ça va mal," dit Sophie. "Très mal."

"Il faut qu'on le déplace," dit Tom.

Les jumeaux poussent le couvercle. Enfin, il bouge.

Tom met la main dans le coffre.

"Je l'ai!" dit-il. Puis il regarde Sophie.

"C'est quel bouton pour *la maison*?"

Sophie se souvient des paroles de Papy:

"Elle n'est pas encore finie..."

There is a heavy lid on top of the box.

"This is bad," says Sophie. "Very bad."

"We must move it," says Tom.

The twins push the lid. At last, it moves.

Tom puts his hand into the box.

"I have it!" he shouts. Then he looks at Sophie.

"Which is the *Home* button?"

Sophie remembers Grandpa's words:

"It's not finished yet…"

Ils appuient sur le bouton bleu…

Froutch! Ils sont dans une cage.

Un homme grand les regarde.

"Les lions ont très faim aujourd'hui," dit-il.

Il commence à ouvrir la cage.

"Au secours!" crie Sophie. "C'est la Rome Antique!

Il va nous jeter aux lions!

Appuie sur un autre bouton, Tom. Tout de suite!"

Tom appuie sur le bouton jaune…

They press the blue button…

Whoosh! They are in a cage.

A tall man is looking at them.

"The lions are very hungry today," he says.

He begins to open the cage.

"Help!" Sophie shouts, "This is Ancient Rome!

He's going to throw us to the lions!

Press another button, Tom. Now!"

Tom presses the yellow button…

23

Soudain, les jumeaux sont dans un théâtre.

Cette fois-ci, deux hommes les regardent.

"C'est qui?" demande le plus âgé.

"Ce sont les nouveaux Roméo et Juliette?"

"Je ne crois pas, Monsieur Shakespeare," dit l'autre.

Sophie sourit. "Bonjour! Vous êtes vraiment William Shakespeare? C'est fantastique. Je peux…?"

"Désolé, Sophie," dit Tom. "Il faut s'en aller."

Il appuie sur le bouton rouge.

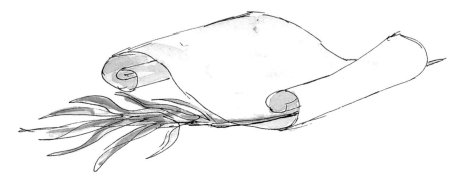

Suddenly, the twins are in a theatre.

This time two men are looking at them.

"Who are they?" asks the older man.

"Are they the new Romeo and Juliet?"

"I don't think so, Mr. Shakespeare," says the other man.

Sophie smiles. "Hello! Are you really William Shakespeare? This is amazing. May I…?"

"Sorry, Sophie," says Tom. "We have to go."

He presses the red button.

"On va où?" se demande Sophie.

Elle ouvre les yeux. "Tom, on est chez nous!"

Mais Tom ne sourit pas. Il la regarde fixement.

"Qu'est-ce qui ne va pas?" demande Sophie.

Tom dit doucement: "Où sont tes jambes, Sophie?"

Sophie baisse les yeux. Ses jambes ne sont pas là!

"Oh, non!" crie-t-elle. "Qu'est-ce qui m'arrive?

Aide-moi, Tom! Je ne peux pas laisser le passé!"

"Where are we going?" Sophie wonders.

She opens her eyes. "Tom, we're home!"

But Tom isn't smiling. He's staring at her.

"What's wrong?" asks Sophie.

Tom says quietly, "Where are your legs, Sophie?"

Sophie looks down. Her legs aren't there!

"Oh no!" she cries. "What's happening to me?

Help me, Tom! I can't get out of the past!"

"Sophie, tu fais un mauvais rêve," dit Tom.

"Réveille-toi! On est là – chez Papy!"

Sophie ouvre lentement les yeux.

Tom la regarde fixement. "Qu'est-ce que tu veux dire par *Je ne peux laisser le passé*?" demande-t-il.

Sophie le regarde… puis elle regarde ses jambes… et puis son livre sur l'Egypte Antique. Elle sourit.

"Rien," dit-elle. "Ça fait du bien d'être ici."

28

"Sophie, you're having a bad dream," says Tom.
"Wake up! We're here – at Grandpa's!"
Sophie opens her eyes slowly.
Tom is staring at her. "What do you mean:
I can't get out of the past?" he asks.
Sophie looks at him… then at her legs… and finally
at her book about Ancient Egypt. She smiles.
"Nothing," she says. "It's good to be here."

Après déjeuner, Papy montre sa nouvelle invention à
Sophie et à Tom: une paire de chaussures électriques.
"Ouah! Elles sont fantastiques!" dit Tom.
Sophie ramasse un vieux carnet et elle l'ouvre.
"Ah, mes idées pour l'avenir," dit Papy."Je ne peux pas
les réaliser maintenant, mais peut-être qu'un jour…"
Puis Sophie la voit. La montre à explorer le temps.
Elle caresse le dessin du carnet.
"Oui," dit-elle doucement. "Peut-être qu'un jour…"

After lunch, Grandpa shows his new invention to
Sophie and Tom: a pair of electric shoes.
"Wow! These are amazing!" says Tom.
Sophie picks up an old notebook and opens it.
"Ah, my ideas for the future," says Grandpa. "I can't
make them now, but perhaps one day…"
Then Sophie sees it. The time-travel watch.
She touches the picture in the book.
 "Yes," she says quietly. "Perhaps one day…"

Quiz

You will need some paper and a pencil.

1 Can you match the words? Find the pairs and write them down.

book	musique
time	montre
painting	**livre**
music	peinture
watch	temps

Fantastique!	I'm hungry!
Oui, s'il te plaît.	Good-bye.
Bonjour.	Hello.
Au revoir.	Yes, please.
J'ai faim!	Amazing!

2 Turn to the pages to find the words. Can you say them in French?

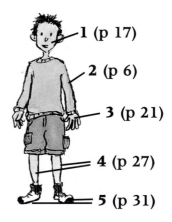

1 (p 17)
2 (p 6)
3 (p 21)
4 (p 27)
5 (p 31)

3 Which word makes a true sentence from the story? Copy and write the true sentences.
 1 Sophie adore *l'histoire* / *la musique*.
 2 C'est un *homme* / *pharaon* très connu.
 3 On est là – chez *Papy* / *Papa*.
 4 Appuie sur le *bouton* / *livre*, Tom!

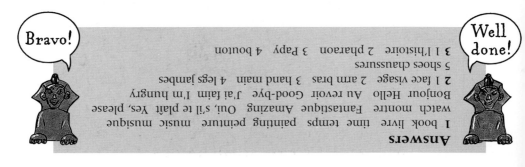

Bravo!

Well done!

Answers

1 book livre time temps painting peinture music musique watch montre Fantastique Amazing Oui, s'il te plaît Yes, please Bonjour Hello Au revoir Good-bye J'ai faim I'm hungry
2 1 face visage 2 arm bras 3 hand main 4 legs jambes 5 shoes chaussures
3 1 l'histoire 2 pharaon 3 Papy 4 bouton